中国多民族文学丛书／第四辑

秋夜

阿布都如苏里·塔什／著
狄力木拉提·泰来提／译

作家出版社

阿布都如苏里·塔什　柯尔克孜族，1974年10月出生于新疆维吾尔自治区阿克陶县麦乡喀什热克村，1992年至1997年就读于喀什大学中文系，1997年至2004年于阿克陶县三中任教，2004年至2012年于阿克陶县实验中学任教，2014年至今于阿克陶县雪松中学任教。二十年间多次被评为自治区、自治州、县级“优秀教师”“优秀教学能手”“优秀教研员”。第九届、第十一届、第十二届自治州政协委员，自治区作家协会会员，自治区玛纳斯研究员，自治州文联会员。

近几年在自治区范围内报刊发表800多首诗、50多篇论文、30多篇散文。一部分文学作品收入维吾尔语、柯尔克孜语、汉语诗集。2001年诗集《洁心》在柯尔克孜出版社出版，2008年《心灵之泉》在柯尔克孜出版社出版，2014年《晨落》在柯尔克孜出版社出版。

作者近照

狄力木拉提·泰来提 维吾尔族，1963年9月出生于新疆维吾尔自治区伊宁市克伯克于孜乡。从事过铁路、教育工作，曾在鲁迅文学院学习。作家、翻译家，中国作家协会会员。现任新疆作家协会副主席、新疆作家协会文学翻译家分会常务副主席兼秘书长、《民族文汇》杂志社总编。1982年开始用汉文创作诗歌，出版有诗歌集《大漠魂》。1997年开始文学翻译，已出版发行32部翻译作品，字数超过千万。曾获全国少数民族文学创作“骏马奖”翻译奖、天山文艺奖、“汗腾格里”文学奖、“汗腾格里”文学翻译奖。2009年，由他翻译的儿童系列长篇小说《楼兰古国之奇幻之旅》荣获中宣部“五个一工程”奖。翻译巨著《福乐智慧》2015年1月由民族出版社出版，并在北京人民大会堂举办首发式。

译者近照

编 委 会

目 录

冰冻寒窗

飞落在树叶上的春夜
我独自前往你的闺房
冰冷的感觉沉浸在绿色梦中
被奇妙的冰花雕刻在玻璃上

我不想让你的闺房上出现冰冻
也罢，那毕竟也是一幅动人的风景
我内心深处闪着一束光
甩手扔下一段简单的回忆

黎明是一个奇幻世界
它用爱的魔法征服了我的身心
你仿佛是天边的一盏夜灯
把我的诗歌
当作一份冰凝的礼物

乡下的夜晚

乡下的夜是淳朴的
生命在梦中沉睡
月亮从天窗滴落
落在睫毛上
结一层薄薄的泪霜

家狗的狂吠声
钻进远处的丛林
叶面上一滴滴水珠
被那一阵叫声惊醒

拴狗的链子乍响动
那沙哑的声音渐渐模糊
生命中太多的内容
都被夜带进乡下的月夜

生命有限，希望无限

天边的天边
生命却在这里相会
生命有限，希望无限
明天为我洒下一路光明
沙漠和红柳枝上
露珠闪着光芒
杂草丛中电闪雷鸣
潮水却在花蕾上涌动

伸向天边的大地
家乡的田野长满了希望
那份遥远中
我总是步履匆忙

我的儿子

那是一个神奇的日子
在朝霞的面颊上
升起一轮火红的太阳
一个婴儿睁开了清澈的眼
泪水却从我的眼里缓缓升起

他降生在我的心里
我的体内燃烧起一团烈火
我深情地望着他
俯下身感受着你的气息

父亲已被幸福淹没
一曲美妙的音乐在心中奏响
愿光明在你内心汹涌
祈求上天一个洪亮的声音

你是我的幸福，生命和希望
是你荡涤了我的心灵和梦想
我会永远行进在幸福之中

我把你看作是我的幸福之光

但愿我的生活能如此恬静
愿你的心灵永远如此清净
你要让你的故乡为你骄傲
用你的智慧给家乡带来希望

假如我来到你的家乡

假如我来到你的家乡
低吟一首美妙的歌
吹自你情怀的风
是否会让我无声地悲泣

假如我来到你的家乡
请把你的经历告诉我
就像你美丽的梦
用你的歌声为我编织爱

邻近的微笑

长长的火车汽笛
从我身边渐渐远去
眼角里充满了期盼
只有一颗孤独的泪
挂在屋檐

一声悲戚的道别
我无法带着一颗心前往
窗外是一片淡黄的天
沉寂中一声幽怨的呼唤

希望渐渐远去
只留下可以感悟的概念
灵魂中一阵轻微的颤动
微笑总会贴近忧伤

最后的诗句

别送了
莫让你眼里流露疑惑
我体内的血影会变得强势
你给我的最初的爱
会燃烧在忠贞的怀抱里

莫把你咸涩的泪水送给我
那与你的离别赠言不符
让我带着一颗孤独的心离开吧
就让你成为我最后的诗句

八月里的一幅画

八月的夜晚
花儿已经纷纷飘落
难道我是一块孤寂的丰碑
从梦里寻找无助的幸福

快来吧，沿着这份孤独
快搂住我的思念
让我的心在九月里开裂
或把爱的守候铸得再高一些
我终会从天边走来

若要问我的终点在何方
那就来吧，我会告诉你
一切还未留在九月里
那迷雾一般的梦只是八月的夜晚
快来吧，我的心留有思念的空缺

秋　夜

沙沙作响的叶抖落秋黄
一片片，飘落在我的思绪里
爱与它的脚步窃窃私语
默默地行进在茂密的丛林

月亮在树梢上忧伤
在冷色的露珠上闪烁
让夜的阴冷睡在摇篮里
秋天的夜晚在野外呼号

心在秋风里被打成了结
又在希望里找到新的喜悦
光影总是在河湾里汇集
在少女的回眸里
总能找到一丝感觉

美丽的乡村姑娘

笑声从心底飞出
那么甜蜜，那么朦胧
一首忠诚的晨歌
给祝福插上翅膀

黎明在丛林里筑巢
带着曼妙的歌声
心灵中弹奏出吉他的和弦
呼唤美丽的乡村姑娘

这是诞生于感官的歌声
月光如你的姓名一样沉默
不要只为孤独歌唱
来吧，伴着美丽的乡村姑娘

对月私语

窗外是月影
屋里是梦境
唯独我守着伤感
对着月亮窃窃私语

远处飘动的空气
传来轻轻的呼吸
春意萌动的歌声
仿佛在抚摸我的灵魂

躺在夜空的星星睁大了眼
似乎只在看你
我那忧伤的歌
也只为你而唱

我在你的窗外呻吟
被你的睫毛刺伤的身体在疼痛
我已经被孤独完全俘获
在你的梦里
我渴望我是神的形象

我的天真已被埋没

在你引领的那条路上
我的天真已被埋没
留下的足迹仿佛是梦
唯有我的思绪与我畅谈

我未能对童年说声再见
幼稚的年代未被忘记
从白色歌声里复活的声音
把手伸向我的心

迷雾中的路渐渐远去
就让空白的梦继续空白
被孤独捆绑的声调
不会再守候太久

在校园

在那小小的校园
重复着新的旅途

窗户上是一块块的光亮
每个清晨
它们第一个跑进教室

与胜利一起微笑的许愿
闪烁在季节的眼里
不知是谁已为明天
摆好了五色鲜花

太阳从心中升起
那是生命无数次的诞生
分块儿希望
粉尘是伟大的身影

从那以后
或许雏鸟已学会飞翔

它们获得了新的心灵
随着波涛的起伏

岁月带来的温暖的风
小小的母校怀抱里
是诞生希望的地方
重复着新的旅途

太阳落在我的睫毛上

我的希望骑着绿色波涛
歌声铺开了红毯
天边亮起一道金光
清晨之声从思绪里苏醒

歌声在绿色梦里孕育
用光影铸造殿堂
我无法等待沉默
愉快的感觉铸就幸福

不知你何时走进了我温暖的梦
或许这就是命定的现实
我在花丛中入梦
期待与黎明相会

被晚霞洗净的灵魂
从感觉中解脱出来的泪水
形成一束束光
太阳般落在我的睫毛上

太阳落在我的睫毛上
这就是爱，或许也是梦
请不要飞走，你是我的黎明
是我内心的爱

阳光里的祖国

清晨
沐浴在朝霞里的地方
一轮慷慨的日出
给世界注入生机

每当阳光普照大地
我的祖国一片生机盎然
生命从这里开始
这伟大的世界
从此充满希望

阳光里的祖国
是我的自豪，我的生命
在追求中寻找幸福
在天空的舞台上
有我们展翅的空间

家乡的风光

1

家乡的风光
让你的爱再多留一天
岁月讲述着传说
仿佛无声的传递

家乡的风光
期盼着你的到来
仿佛一首梦中的歌
洒下一路稀缺的谜团

2

不知孩子们在找什么
那是一片碱性牧场
最初的足迹
是爱的再回首

倾斜而孤独的土墙外
再也看不到天边
蜘蛛精心编织的网
和它一样空空荡荡

星星躲在月光里私聊
留下月亮独自发光
远处那个独处的茅屋
传来一首忧伤的歌

3

离巢而去的黎明
静静地守在天边
农夫的笛声不知去了何方
白色羊群在朦胧中吃草

倒影里的清泉
已看不到成双的影
或许泉眼已经闭合
泪流得太多

光秃的原野
信守一份寂静
或许陶醉便是一种平淡
粉润的红柳已经沸腾
只在它的季节里凋零

4

空心的老柳
树荫下生机勃勃
金婚热闹非凡
失血的星辰爱意正浓
星际比赛已近终点

此时的季节鸟
在树上的夜里熬夜
没有低声细语
私密的终极
风只能带来离别

5

孩子渴望被爱
哄骗，安抚
他们无法变成自己
我们看不懂的忧伤
将他们团团包围

不知孩子们在找什么
神秘的叶沙沙作响
打算重爱一次的
不只是往事一般的牧场

莫要哭泣

这是一颗爱哭的心
你究竟得到了什么
天界正从远方滚来
在你所处的那个地方重新发芽

快把手伸出去吧
你的灵魂在滴血
把自己献给无限的黎明
温暖的世界
光明下的影子便是幸福

纯洁的赞歌

冰冷的太阳悬在我的窗外
仿佛我受冻的思绪
多彩的祈求如呼吸一般虚弱
从远方蠕动而来

白色的雨滴在窃窃私语
瞬间降落在原野上
我在心室里刻了一幅画
把它作为我生命的指南

季节轮回

秋
那是歌声飘落的影像
冬
那是充满辛辣的抒情
夏
那是路途歇脚的征程
春
那是鲜花盛开的海洋

被沉默染色的思绪鸟

心儿在躁动
如此忧伤，那是我
寂静的原野酝酿沉默
你是我被染色的小鸟

我的思绪来到原野上
那是曾被我想起的孤单
一只可爱的小鸟
躲避梦境
是什么躺在休眠状态
我丝毫感觉不到宽慰

被白色雨雾浸染的原野
汗水洒落一地
白桦树啊，你是谁的身影
忘却什么，直到想起

泪水从屋檐滑落
渗透于孤单中的希望

心动声变得火红
洒下的光是给你的幸福

因此那是落泪的夜晚
却成不了你的安慰
被沉默浸染的思绪鸟
无论如何
你也该甜甜地思念某个人

思念之歌

从梦的海洋里回来
白色的灵魂，轻柔的脚步
在寒光里闪烁

母亲
我去往河边，泉眼沸腾
它想不起我的过去
只是用轻柔的声音饮歌
带花园的院落里
不会告诉你什么是宁静
从前那样轻轻流淌

父亲
想起一同放牧的伙伴
带着思念前往
他们已不如从前
滔滔不绝地讲述过去
我那个可爱的兄弟
不知在哪里开花结果

更有趣的是
也不再和邻村的孩子玩耍

亲爱的父亲
慈祥的母亲
快给我讲讲你的过去
还有我的童年

孤单的回忆

从分别的那一刻开始
一处爱的烧伤
碱性的声调已经受潮
往事那温暖的影子
凝固成碑铭
阳光渗透在路上

清晨
漫山遍野的花
我并未变成露珠
只是闪着寒光
牧道
我小小的心
被你遗忘
湖边我的回忆轻微断裂
芳香的沙枣树下
还有我痴情的夜晚
羊肠小道
是我不绝于耳的歌

河边

是我宁静的爱的一生

不知你们留在了哪里

你们不会是在毫无意义地陶醉吧

我思念你们

一切都已逝去

仿佛一首忧伤的歌

你们不懂我伤情的曲调

也感觉不到

我依旧独守心绪

只有孤单的回忆还在

天　使

我想尽情地唱
只为天使

忧伤的歌四处漂流
像只孤独的鸟
飞过古老
可惜我还没有唱够
微笑并未在幸福的早晨露出

欢快的笑声在飞舞
宛如一首音乐
我梦中的气息
也未能传递给朋友

我笑给谁，对谁哭泣
是谁赢得了我的心
是谁像一位天使
为我祈祷
用爱握住我的手

我已经忘却了回忆
和忧伤一起被埋葬
我一定会笑出美丽
和友人一起
和我的天使一起
那时我们才是完整的
你好地球，幸福今天
我们会变成太阳

我只想把我的梦
唱给我的天使

送　别

那日清晨
我的思绪被猎杀
古老的家园
天边的路上
母亲
用泪水编织往事
你泣不成声
就在我离开的那个清晨
父亲
伤感堵在喉咙
夹杂在你的呼吸里
忧伤的歌
低吟在你的眼里

那是我离开的日子
一切都留在了过去
仿佛中午消失的光年
亦如隐藏朦胧的秘密
在我乡下温暖的家

还有我真诚的兄弟
一串串树叶
眨着大眼睛
陷入无声的不安中
莫要无声，莫要无息
莫要无声地流泪
高柏杨上的鸟窝
在你们断续的叫声里
乡间小道上的插曲
在我忧伤的心里
母亲莫哭，父亲莫流泪
也不要出现在你们的书写中
我会守护自己
守护回忆和思念
我一定还会回来
在一个快乐的时刻
我会在我的睫毛上
摆放一束鲜花

别了，第三十个季节

如感觉一般自由
岁月的枝杈
还是先来抚慰我吧
让心动来窃窃私语

不知这是何时的福分
冷涩的幸福
从天边滚来
这是在心上打的句号

或许你已经年方二十
那是彩色人生
神秘的梦不会预告什么
只是希望已经展翅

二十个春天已经逝去
谜依旧未能解开
作为我青春的见证
只留下一句诗

乡村曲

乡村
那是我出生的地方
是我成长的春天
那个清晨我离开了她
带着十八年的回忆
留下了简单的爱
来拥抱她的温存

乡村
那是我爱笑的季节
那是童年不休的春天
乡村
那是童年的界限
是亲手点亮黎明的母亲
我的笑声和泪水留在了那里
从而找到了幸福
在我一生的经历中
至今光芒依旧
那是我多彩的歌

是我最灿烂的季节

乡村
你是我自豪的身影
也有我春天的梦想

春天的画卷

当风吹过一个又一个冬牧场
我可爱的恋人我以为春天到了
当晨风吹去了树木的新芽
昨日的花园回想起曾经的快乐

被雪压弯的树枝在晃动
我不忍心伸手触碰
我可爱的恋人我以为春天到了
我也以为自己也是春天

当天边被血色染红时
孤傲的花瓣充满华彩
我可爱的恋人我以为春天到了
黎明的骄子成为我的信念

消融的水流进水渠
一条条流向远方
我可爱的恋人我以为春天到了

水边长出的薄荷散发清香

脱去外衣的盛夏已经离去
沙枣树也参加了鸟儿的狂欢
我可爱的恋人我以为春天到了
快来吧，让我们一起前往

孩子们已经把柳枝当马骑了
小鸟一样的姑娘们梳起了长辫
我可爱的恋人说是春天的小女
我们也曾有过躁动的春天

假如顽皮的小鸟从头顶飞过
或许会在院落里扔下花朵
我是否该以为那是春天的小女
我想把春天的花朵插在耳根

当白云飘到我家屋顶
雨水会尽情地洒下甘露
我是否该以为那是春天的小女
在我看来那仿佛是泪水

当你的花园散发出暗香
我会感觉到那里有你的芬芳
我是否该以为那是春天的小女
我会感觉那就是你的秘密

在屋檐下筑巢的燕子

它们的歌声里充满新意

我是否该以为那是春天的小女

何时几度想起那片难忘的果园

思　念

你是否还坐在你孤独的小屋
身边依旧是贪睡的小猫
忧伤压弯了你的腰身
当你想起你的孤单
你是否想起过我
可怜的生命青黄不接
你是否感到惊愕
从木门的缝隙里
我的呼吸缠绕你的身体
让风儿带来你的问候
就像我走进你的梦
你那苍白的书信飞来
那是我忘我的时候
没有任何办法不思念
那是对我的一种慰藉
在无数颗心中
沉淀无数的爱
我那温暖的家乡啊
是留给后人的巨大餐布

新年里洒满了字符
我成为了信念的信念
莫让我的心过于陶醉

莫让我的心过于陶醉
忧伤中满是忧伤
从笔端复活的泪水
会带来些许恩典

无论有再多的悲伤
那也是一种安慰
你的未来就在黎明
届时你可以清点你的对手

诞生于诗句里的幸福
总是向平安伸手
祈福好比是未来
灵魂正发出感叹

别了，我的母校

别了，望眼欲穿的季节
别了，生命绽放的时节

别了
阳光洒满鸟巢的地方
凝聚了爱的小小课堂
还有信念集结的宿舍
还有燃烧希望的胸膛

再会
从眼睛里流出的热泪
流淌的不只是温度
永恒的真理之言
是生长在心里的大树
别了
五个春天，五张画面
在信念的纽带中
回忆是一片富足的家园
这世界和我的心一样
远离的人心在母校

今天是我自由的一天

我送自己远行
向着明亮的天边
痛苦并非我的想象
我的信念在天空燃烧

今天是我自由的一天
夜晚在我的心里被洗净
黎明已经爬上了我的窗口
天边的曙光此刻已经在燃烧

我从我的灵魂里呼唤自己
我从此与命运告别
渐渐发芽，渐渐生长
我向往你，敬仰你

三月花

三月已经盛开
从我的心到路边
天使就在我的思绪里
在灿烂的季节里
找不到哪个是清晨

蝴蝶园在窃窃私语
小嘴像两片花瓣
我们生长在草地上
尽情享受着春天

今年的春天似乎早了些
不知为何，心在跳跃
你是否也思念春天
但见一则希望在微笑

痛苦中

或许我今天陷入痛苦中
几度为信念而流泪
我知道该明白地生活
仿佛我的思绪已经发黄

心被蹂躏，身体遭摧残
但我能见证一切
或许我很平淡
我和我还要欺骗生活

我可以看到冰冷的现实
也能证明一切的存在
所有的明天都在等待我们
从萌芽到森林
就像许多个希望
归结于你，还有我

哀　叹

如今
我怎么可能认为自己崇高
那些孤独的岁月在折磨着我
多愁的日子里
梦也变得冷清
我的天使，告诉我这一切

忘却也被赞颂一番
破碎本身也不容易
流淌的那些苦涩的泪
对着天边
说出内心的隐秘

说出现实，我的爱
心的跳动可以证明一切
不要只向我散落
让石哥的泪水花儿一样盛开

与山洪般的思绪一起

今天，我一直在寻找自己
苦也罢，唱也罢
为何说出心中的苦闷如此不易

也罢，我就是一个伤者
还是面带笑容，诉说一回
由诗歌铸就了我的躯体
让迸发的诗情光一般灿烂

恐　慌

很久了，解不开心中的结
痛苦已将我折磨到了极致
我该如何阐释我的人生
何必每天都想着死亡

来吧，慢慢靠近我的心
思念在心中颤抖
我的体内充满了快乐
身体里生长着一种幻想

我心中的春天在哪里
背叛我的信念在哪里
今天我又获得重生
给世界末日带来恐慌

我的心反正很虚弱
你带来的是很多希望
为何要与伤感做伴
它总是踩在我心上

苦中绪

我深陷于痛苦之中
心中波涛起伏
总有许多东西
不知道需要什么
我甚至错过了创作季节

我爱着一切
被创造的一切都值得爱
我已从内心
驱逐了伪信仰
此时。一切都显得陌生

你经历了太多的痛苦
爱以外的东西都是负担
希望往往会让心无法平静
躯体已被放置在很远的地方

我深陷于痛苦之中

手却在远处，无所作为

在天边反光的眼里

一股潮气涌来

生命之根重新发芽

我时常想

我时常想
生命之谜，在每一刻心中
波澜起伏
为自己叹息，流泪
树碑立传
我在想，或许爱情
有那么一天
也会深陷孤单
平淡无奇
甚至比任性还要轻薄
没有汗水，岂有崇高

我时常想
世界，生命，还有诗人
流淌的河水，时间
宛如现实的泪
唯有根才享受生的快乐

你是理想的护卫者

南方的清泉充满神奇
那是一片神圣的土地
水中荡漾着幸福和灵感
生活的喧嚣在此继续

温暖的故乡胸怀坦荡
是雏鸟起飞前的草巢
所有的希望都从这里起航
你是我的骄傲
我赞颂你的伟岸

我总是深情地望着你
怀念老师，还有学堂
内心涌动着最细微的感动
仿佛我就是一座山峰

生命的强者
心中有无数的梦想
希望的花朵总会开放
你就是理想的护卫者

平　衡

借助太阳的笑
我笑到了极致
借星星的眼泪
我哭干了往事
以此点燃了生命
点燃了希望
找到了世界的平衡

清晨里的开始

谁在等待他人的问候
谁在统领他人的时间

只有步履匆匆的时间
才会加快生命的节奏
加快人的转变
然而，土路上的普通学者
却变成了带翅膀的鸟

柏油路上的新出租车上
一位熟悉的人
或善于经营自己的
精明商人
他
行进在小路上
去往他熟悉的学校

人
总会在活着的时候

在太阳的掌心

等待一个时刻

而且在同一时间

再　别

我深爱着生活
靠着
我体内涌动的信念
只是身上的羽翼渐渐脱落
仿佛是在发黄的思绪里

是谁在小心感受我的心
用痛苦丈量我的痛苦
心永远都是胜者
旅途中燃烧的注定是希望

不知何时
那些岁月早已逝去
留下这一杯苦涩的泪
今天
我想再次道别
怀念最初的那个季节

伟大的母亲

世界因母亲而美丽
生命因母亲而伟大
因为有母亲在
我们倍感幸福
母亲是永不枯竭的清泉

母亲美丽，生活美好
有母亲，我们才有坚实的脚步
她的爱让我们拥有理想
有爱才有我们的尊严

有母亲才有幸福
有母亲才有儿女的笑颜
母亲是太阳，照亮心灵
没有母亲，树木怎会发芽

母亲就是爱，是鲜花
母亲洗净我们的心灵

母亲是喷涌的清泉
母亲是伟大的理想

伟大的母亲，神圣的母亲
母亲是最美的春天

生日纪念

生日那天，他看到了世界
让父亲和母亲为之快乐
当太阳发汗，月亮隐藏起来
忍受分娩之痛
塔西的儿子来到这个世界

那是一个神圣的日子
是虎年的一天
他努力吸吮爱的乳液
从那天起
他便拥有尊严和一切

他战胜了许多不凡的经历
他接受了严寒酷暑的洗礼
三十六个春秋仿佛黎明
他拥有了智慧和胆识

属虎的这一天。你会更加勇敢
愿希望成为你的好马良驹
愿你前程似锦，建功立业
愿成功与你相伴，勇往直前

今 夜

不知何时
星星在向我们眨眼
月亮洒下轻柔的光
月夜里我与幸福相约

今夜充满了爱
生命在爱的怀抱里繁衍
痴情的郎
是多情的姑娘心中的谜
留下多少爱的传说

今夜是那么的神秘
留给我们白色的夜
我用爱和智慧去爱
难忘那绝无仅有的夜

月　夜

如此美妙的夜晚
让宇宙为之惊讶
顽皮的星星顽皮的眼
让生命变得灿烂

夜，是爱的使者
呼唤相亲的恋人
为爱歌唱的心
总会思念忠贞的人

思念的最美时节
总在月夜里出现
目光羞涩的星辰
总会让情人失眠

清　泉

我希望你是美如月光的天鹅
所以给你取名阿依胡玛尔
当你第一次看到这个世界
你的眼睛便成了天上的星辰

因高兴而流泪的你母亲
她心里充满了激情
你父亲我也是如此
感动也让我的眼睛湿润

这个家也亮起了一盏灯
生命之根开始延展
心中的歌唱给我的孩子
我的寿命好像变得更长

我的宝贝在我右侧玩耍
心中的花儿好似盛开
我的天使在我左侧展翅
所有的自豪都在开怀

孤身一人的时候已是过去
如今的我也成为了父亲
希望之火已经点燃
我的生命迎来又一个黎明

两眼清泉是我的生命
一个是让我骄傲的儿子
一个是让我自豪的女儿
清澈地在我眼前流淌

这是我的生命和希望
在我的脉络里掀起波浪
我将把我的一切献给他们
他们是我涓涓流淌的清泉

战胜痛苦

生活中有许多忍受
会让男人更加男人
莫让迷雾充斥心灵
退缩是男人的衰败

还是让心脏自由跳动
世上本无山，大地平坦
尽管生活满是辛酸
浪涛是风的名片

让我的心战胜这些忧伤
这些忧伤原本不属于我
诗歌的热度，诗人的情怀
像奔涌而来的山洪

像男人一样生存
生活原本是一道风景
一份信念和过程
大地微笑，太阳燃烧
她会显现在你脸上

在岸边发芽的薄荷

当我再次想起你
心中泛起千层波澜
爱恋
不该是我的过错
因为我只选择了你

你渐渐离我远去
在我内心留下无形的伤
眼里闪烁着暗黄色的苦闷
无语的心怎能诉说

你带着忧伤而去
孤岛上唯有我在漂泊
硕大的礁石沉入海底
一棵在岸边发芽的薄荷

爱的渴望

我依旧想忘却
体内复活的冰冷
甜蜜的苦如此沉重
如此释怀的忠诚

冰冷的宿舍拥抱着我
滚烫的泪顺势而下
孤独的内心灵魂在作响
仿佛是从天边走来的黎明

我不会和我自己一样
只是保留一份尊严
知道你在焦急中受冻
让爱的渴望吻你的脸

清　晨

这个傍晚
我沉浸在暮色中
安逸的城市宛如音乐
或许这里的一切都懂我的心
当然也应该明白我的忧伤

思绪在思绪中被流放
遗忘简直就是疯狂
那一份信念在加剧
某种不安在体内分娩

我还是带着叹息离去吧
我知道哪条才是离去的路
假如我的心里不再有期盼
天边依旧有美丽的清晨

孤独感

孤独，让这一夜变得漫长
留下我在我的地址上流泪
我曾在一个伟大的想象中生活
忧伤差点让自己死亡

此时，我已经被彻底点燃
慢慢走向远方的城市
信念，爱情与希望
心底里保存着一份渴望

我走在人性的道路上
一切都被我的躯体压抑
埋怨的语言发自内心
一路撒下血色诗行

也颂寂寞

寂寞也值得歌颂一回
何必要远离人群
强迫自己露出笑容
其实又能得到什么

寂寞也值得歌颂一回
没有必要苦命地生活
来吧亲爱的
让我们唱一首新歌
让它成为生活的典范

寂寞也值得歌颂一回
生命中的孤独更值得一爱
把你的手给我
让我们牵手同往
把爱的花环献给黎明

寂寞也值得歌颂一回

让时间得到珍爱

让一切都与痛苦一起消散

只要你依旧爱我如初

渴　望

雨滴从忧伤的眼里落下
落在希望的土地上
天边半闭的眼睛
有一丛多彩的渴望

那是一片怎样的故土
在一片白雪之中
晚霞渐渐发芽
飞向远方的鸽子
给心留下新的理念

爱　恋

魔幻的太阳洒下一路粉尘
在心中悄然划过闪电
只需见一面
追寻的脚步便不再停止
爱总会与希望相伴

你眼里有静电
还有世界
也会有曼妙的身影
今天，我怎么会被人捕捉
中间是彼此神秘的凝望

请把你的笑声留给我

请把你的笑声留给我
假如你靠近我的海岸
美妙的心曲轻柔的歌
朝向一个无边的目标

请把你的笑声留给我
别让你伤心的泪落下
假如你来到我身边
就让你的爱留下永久的印记

请把你的笑声留给我
让世界沉浸在你的爱里
这个世界
总会让命运相连
来吧，让我牵着你的手

离　别

我的心在作自我告别
扬起一路黄尘
沉重的呼吸
伤感中流淌的泪更执着

一双慧眼在闪烁
那是从我体内诞生的孤独
恶魔般的欲望吞噬了一切
仿佛我第二次破碎

健忘的站台向我道别
唇与唇对接时彼此言别
我们之间不会再有相见的时刻
你成了无限的影像
让我苦守一份忠贞

消　失

不知为何
总对一些事失去兴趣
永恒的信念似乎渐渐离开
我的灵魂
内心重新燃起第二种火焰
在我衰败的体内
光一样诞生

别了，我的近友
别再向我伸手
我不再贪杯，往事
秋黄的命运让我无语
直到最后一滴血流经心脏

我不再屈从，不再为命运哀叹
一切都将悄然逝去
我只能留住自己的永恒
天衣无缝的躯体里
集聚了许多怀念

我不再回忆忘情的心
我只是被心灵巧妙欺骗
风从我的灵魂里飞出
像一缕烟尘
仿佛无人的站点

乐器的语言

它的语言只有它自己诉说
它总有一个深沉愿望
响亮的歌，轻柔的曲
拂不去的灵感

源自内心的泉水
总想用心去倾听
甚少神奇的梦幻
把心分割
哪儿来的这么多忧伤

总想静静地欣赏
还有更好的语言吗
这一份高亢情怀
声调与琴身融为一体

诺如孜赞歌

天是乌古思蓝
光照大地
万物开始复苏
重新开始站立

娇柔的风轻轻吹来
唤醒大地
一股暖流腾空而起
种子破土而出

妇女们四处忙碌
裙摆里装满了苜蓿
森林里的啄木鸟
忙着给森林作曲

鸟儿飞得更高了
在天空自由翻飞
山谷里激流涌动
把山歌唱得更美

诺如孜时节到了

让我们也唱响赞歌

生活的节奏变得更快

让我们的心充满新的活力

破　碎

许久了
所有的都不被想起
祈求在灰鸽子的声音里发芽
我已经感觉到自己
那颗心为何被忘记

多愁的那些夜晚
为何我要独自生活
忠贞和信仰
还有伟大
清晨总有一轮太阳发光

破碎对人而言显然是多余
为了一个谜
我们抱怨了无数次
还是继续写我的诗歌吧
让我们从中挖掘悠长的真理

夜 游

那一夜
我在惆怅中夜游
空旷的城市想显得格外寂静
那时的四周都懂我的心
因此显得冷清和失落

内心总有不了的思绪
怎能这么快
能把一个人忘记
忠贞和崇高
像一团火在燃烧
体内诞生出某种不安

我依旧背负着伤感而归
沿着一条我熟悉的路
灵魂从我的赤身游离
黎明的曙光
重新燃起在天边

怀念遗忘

这一日
我怎么可能赏识自己
孤独的岁月奴役着我
多愁的夜晚
失落的梦
背叛自我
说一说天使的作用

遗忘本身也应该被怀念
破碎也是难上加难
痛苦中流下的泪
远望天际的眼
看到上苍的语言

说出现实
说出自己
心声可以见证一切
今天的你

不要只向我挥发

让每一句诗的眼泪

朝下滴血

我不相信

我不相信
为了友谊而敬上的酒杯
里面有冒泡的液体
我怀疑情感的纽带
尽管心潮澎湃

我不相信
我的守望在你心中凝结
只有你拥有我的地址
你是即将熄灭的火苗
我只怀念这个

我不相信
如我的泪水一样
这清澈的黎明
也只留念我本真的影像
我也不会发出最后的呐喊
天光依旧在远方漫谈

思念至极

很久没看到
你眼里有这种目光
甚至在我梦里
我独自一人在惶恐中度过
你的形象凝固在我的瞳孔里

是一份命运将你我分开
其实在我心中只有你一个
心底有一团火，一道伤痕
或许你也曾想过许多

火热的生活
青春是爱的季节
我们无法放弃自己和爱
生活中还有很多牵挂

岁月如长河
风浪是光阴

你做母亲了，我是父亲

在思念和离别的荒野里

我们变成了两个世界

两种梦

一份宣言

这一天
我想起了你
是谁在占据我的心灵
闪烁的眼里满是期望
燃烧的心里是冰冷的激情

伸手走进我怀抱的
难道是忠贞和爱
我的信仰很努力
为她流淌，歌唱

我的所有经历都很慷慨
苦涩
有一份宣言，铿锵有力
我自问
何谓超越生命

在这样的日子里

我又在思念谁

又陶醉在何人的怀抱

有一份宣言，铿锵有力

让我折服，欣赏

你是我的骄傲

你是一扇窗
向我敞开
我的生命只在你那里发芽
你是点燃我情感的火把
唯有你能让我崛起
长出翅膀

是你给了我最初的微笑
充满希望的心里重生想象
因为你，我找到了希望
并有了辉煌的梦想

我的足迹只在你那里留下
被爱锤炼的身躯
承载着只为你燃烧的情怀
你是我的一生
是我的骄傲，我的故乡

爱的世界

在我的想象中
月亮彻夜为我清唱
这世界只是一个谜
在沉默中保守自己

这个古老的地方
从来都是沉默无语
仿佛被蛇蜕去的皮
会在老柳树旁继续生长
仿佛是一张熟悉的面孔

离别之歌

在你凝固的冰洞里
是我的心呼吸的温度
太阳变成虚弱的灵魂
忧伤的影子还带着血色

我保持着水晶的形象
在弯曲光亮的身躯里
冷却的心在打盹儿
离别的歌声里依旧是真情

忠 贞

原野喜欢漫长的梦
陶醉而且无声无息
超越单纯的心
越是偏僻，越有情愫

清晨加重了她的伤感
我的感觉在缠绕着我
酸楚的爱，躁动的心
深沉的叹息唱出几分快乐

或许已经送走了无数个夜晚
只是把心酸讲给春天
眼里满是忧伤
渐渐融入被雪覆盖的森林

冷漠的河流

夕阳洒下最后的余光
远方孤独的河
缺爱的目光在等待
被离别强行掠去

无情的声调吞噬河岸
幽静的小路
不幸的黄昏
只留下伤感的内涵

动听的音乐加上无声的呐喊
融入纷乱的思绪里
总让我的希望落空
冷漠的河流背负沉重

因为有你，我放心

你是一位合人意的人
我们在美好的时光里相识
我是了解你心声的人
彼此的信任促成知心的友人

凯旋的喜讯
使我彻夜难眠
异乡的友人
美好的心灵使我们越走越近

这座我读不懂的城市
却在时时刻刻注视着我
我也越来越贪心
想将周围的一切收入眼帘

眼前呈现出异样的形态
陌生的人，陌生的事，陌生的我
而我身边的你却如此的熟悉
向我介绍所有的新鲜事

一种独特的芬芳渗入心房
舒畅，自由
时间充足，所见很多
所有的建筑使我眼花缭乱

游览的一处未曾去过的地方
新鲜的事物给予我希望
因为有你
心中发亮，万丈光芒

心中有一团思念的火

思念犹如一团火
在心头熊熊燃烧
火焰是如此炽热
将我的心灼伤

即使兄弟在天涯海角
我依旧将你牵挂
你的正直，善良
使我铭记于心
你的话语如寒冬的阳光
一股股暖流涌上心头

寒冬乘风去春城
踏上友谊之旅
兄台机场焦急等待
茫茫人海望眼识于我
我疾步上前
尔后相拥走出机场

霓虹映衬下的春城
是那样撩人心弦
让远道而来的我心潮澎湃
犹如整个春城都在欢迎我
与我嬉戏，与我交谈
此时的我
与春城同在，与兄同在

短短的相聚，浓浓的情谊
期待于竞技再次相逢
友谊始于乒乓
但愿技高情更长

海鸥在飞翔

这里就是远方
往来的人海
波涛汹涌
湖面传来天鹅声

寒冬是漂泊的季节
狩猎后的凯旋欢声四起
即便你绕行于它们身边
它们也会置若罔闻

然而
它们会期待你的手
做出喂食的动作
会突然飞来
落在肩头，头顶
就像一片天空

如此自在的飞行

眼前的身影

飞来又飞去

快乐是一双翅膀

大站丢包记

一阵头痛
很快，大站
黎明时开放的城市

在候车大厅
熙熙攘攘的人群
让清晨变得格外热闹

手提行包的两位新疆人
再次出行
还有一点时间
还得等，还得等时间

在陌生的人群中
一个秃头男人
在座位上看护着行包

突然间
我似乎自己消失了

遗失了行包

仅仅两分钟
就在看地图期间
事件发生了
快而神秘
经不起考验的年轻人
急得像热锅上的蚂蚁
慌作一团

正对面
坐着他的朋友
仿佛什么事都没有发生
瞪大了眼

时间到了
行包在车里
望着主人

山高，心也高

一个神奇的家园
美丽四季
天空中没有寒冬
微笑的太阳吟诗作赋

绿色的模板
山绿，心也绿
无论你怎样敞开
怀抱依旧装不下这份美丽

你并不是诞生
但生成和你一样
想和她窃窃私语
但心离得太远

人们的穿着华贵
身材却有些矮小
你很想仔细看看这里
但眼里总有些异样

街市上人头攒动
各行其路
高大的奇石
吸引眼球

心早晚会回来
你依旧会生活在自己的自豪中
还会左顾右盼
山高，心也高

雾中河

（游瑞丽江有感）

被薄雾笼罩的江河
汹涌的波涛拍打着两岸
它像一匹驰骋的骏马奔向远方
那是它自由的方向

像纤绳般延伸
江水流向远方
好像蓝天洒满白雾
一眼望不到边的流动

被雾罩的河
上空盘旋着大雁海鸥
远离严冬的小鸟
清澈的水触动我的心田

洱海敞开怀抱

无限的怀抱
一直延伸到天边
涌浪此起彼伏
给心传递一条条喜讯

很想漫步在岸边
海面上传来游艇的汽笛声
水滴里反射着水的光泽
美丽的浪花清澈无比

海面上吹来怡人的风
盘旋，翱翔
我的心也像鸟儿一样
唱起婚礼赞歌

见你朝西而去
我的心却驻足于此
洱海的海浪依旧
岛上更不见胡杨

它时刻召唤着游人
苍山屹立在它的身旁
叫人流连忘返
那份美丽永远在心上

洱海敞开了怀抱
滋润着万物繁衍
每一颗心中都有一眼喷泉
迎接每一个黎明

我无法离开你

我无法离开你
我在心中无数次地呼唤
你的形象美丽在我心中
有你，我的生命更加精彩
对你的渴望是如此迫切
因此我无法离开你

无论我走到哪里
你始终在我的思绪里
在我的左右
不离不弃

有你，我才拥有飞翔和梦想
走过遥远的春夏和秋冬
你每一句话都是春天的讯息
让我总有一份心灵的呼唤
因此我无法离开你

是怎样的命运让你我相识

从那以后我们彼此相思相恋
我们的每一句话都是爱的誓言
每一份憧憬都会穿心而过
因此我无法离开你

我们可以有各种想象
可以随心所欲地欢唱
可以无拘无束地彼此牵挂
可以在追逐中摔倒了再爬起来
因此我无法离开你

长久以来我们就这样走来
呼唤出彼此心中的秘密
在超越思念中解读思念
一次次安慰彼此的心灵
因此我无法离开你

你是天下唯一的精灵
我的心与你结为永恒
但别后的伤痛让我绝望
因此我无法离开你

你何时才能找回自己

你走入茫茫人海
长久地漂泊在外
可你依旧在寻找自己
得到的只是一点私利
每一次呼吸
每一颗心灵
留下许多未解之谜
我的前胸高低起伏
心中却留下许多甜蜜

再次看到艰辛
再次看到苦难
火一样的眼神里满是渴望
这颗心中只有伤痕

总有自我的想象
从未想过别的祈求
忠贞当中长出花蕾
忠贞里盛开着花朵

生命是什么，价值是什么？
这不值得为他人落寞
你只能迎着阳光茁壮成长
无须为生活之路惆怅
生活之路还在延续
像婴儿一样爬行
这个世界让人享不够
你何时不能找到自己

念　雪

飞鸟一般从天飘落
自由的想象，银色的雪
千变万化的色彩归于心
带着一起飞翔

一串动人的姑娘笑声
让我思念起我的同窗
太阳是一枚幸福的印章
我在花园里等待雪花飘落

我的发须
眉毛都变成了白色
这是对冬季的迎接
不知我雪白的渴望去了哪里
逝去的青春纷纷落下

离 别

如此沉重的悲伤
这份命运，它像一把钢刀
将我的心撕碎
为了护佑，你神圣的微笑
是你在我心中把爱点燃

忘不了曾经的甜蜜相守
心中留藏了许多秘密
还有许多理想未能实现
眼里依旧闪烁着渴望

好一股火热的激情燃在心中
因为心中有你鲜活的身影
我把心中的爱传递给你
何时才能与你一同生活

我很善良，也很真诚
只有你曾给过我幸福
你我同样有着火热的追求

闪光的眼里有一份甜蜜

这样的美好没过太久
从此你我山水各自一方
周围的一切变得陌生
这样的离别总是无声无息

我独自一人留守孤独
许多幻想还不太成熟
你依旧在攀爬陡峭山崖
而我也在无尽的路途

如此沉重的悲伤
这份命运，它像一把钢刀
将我的心撕碎
漫长的日月单薄而凄凉
你依旧在攀爬陡峭山崖
苍白的离别留下多少悲伤

写给我的诗歌

对你的爱是唯一的
从未有过别的思恋
唯有你是我唯一的神
唯有你是我唯一的爱

我思念在这个黎明
仿佛从别处找到了尊严
这幸福不会从别处飞来
是你的相守带给我甘甜

所以我一直不顾一切
把你放在我心里至尊的位置
心里涌动滚烫的血
怀念着你曾经的心跳

小小的丽江市场

小小的丽江市场
对外开放

来来往往的人群
热闹的城市景象
还有一个纳西民族
难忘的不夜城

每一条街，每一个路口
多彩的民族服饰
到处都是鲜活的印记
统一的着装，统一的笑容
灿烂而耀眼

弯曲的小径
拥挤的闹市
还有穿街而过的溪流
仿佛流经的岁月

走不到路的尽头
找不到来时的路
走在形形色色的人流中
犹如梦游
但彼此的陌生才最真实
还有几乎裸体的人
长裙子的丹凤眼
看你一眼就会要你的命
脸上绽放笑容的姑娘
能瞬间锁定你的目光
让你忘我
暴露你的人性，你的自由

躺在高档宾馆里
但没有睡意
甚至会乱了你的梦
在你周围，半夜
脚步声不绝于耳
还有鼓乐声声

高大的山脊
迷人的水系
一排排整齐的店铺
牵引你的脚步
你会常来常往
有时风雨，有时冰雹
还有温暖的阳光

小小丽江
对外开放
世人向往

出自玩笑的玩笑

（去丽江市后）

因为她的美丽
向世外开放

众多的游客
每天，每分，每秒
都在变化

瞧，那是纳西族的服饰
美丽的色彩艺术
美玉，翡翠，绿松石
梦话般的手工艺
点缀着那里的街市

在热闹的市井里
小溪川流
人头攒动
店铺里靓丽的姑娘
玉如溪水，笑语迎客
美玉一般的母语刻在奇石上

走在街巷里的两个人
一个是回族
一个是柯尔克孜
早已经陶醉

突然间玩笑开始了
阿老师（说我）你猜
咱入住的宾馆在哪里
自己找，你在前面走
你知道，靠你的悟性

我有些不知所悟
走在陌生的人群中
摸不清城市的首尾

打鼓的姑娘
用柔情邀请顾客进店
夜市上的歌手
歌声飘荡
爵士乐更是疯狂
每一颗心都充满欢乐
浪漫的世界

可怜的柯尔克孜小伙子
少数中的少数
辨不清左右
同行的回族好友

看了看他，不出声
看街市看不够
问也问不出
搞不清自己在哪儿
用别人的眼睛考验自己

历经周折
终于找到住所
心中气恼无比
差点哭出声来
毕竟不是孩子
他松了一口气
似乎在倾听自己的心声
时间过去了
毫无意义的陌生感
眉眼之间的无奈已经逝去
好奇中的我渐渐虚弱

过了一会儿
我的朋友又在埋怨
眼睛变得雪亮

我说，我要回去
马上就走，一刻不留
陌生的眼睛变得更加陌生
还有我的朋友
好像他不是我的好友

妈的，他举起手
要打我一耳光
好像错全在我

你打，打一下试试
我把脸伸向他

他没有打
我说，请你别扯我妈
是她辛苦把我养大
她没有错
我可以承受你的拳脚
我是儿子娃娃
如果有必要，我也有能力
但我做不出

香烟使劲地在吸我
这并非痛苦
只是在痛苦中的彼此发泄
最终的无奈
让柯尔克孜小伙子
请求比自己大的朋友原谅

玩笑
这只是玩笑
是对彼此的考验
也是自嘲

热河波浪

（吉尔吉斯斯坦印象）

一个火热的名字
让世界知晓
大洲
人群
所有的生命

来到你的岸边
你的波浪层层叠叠
浪花掀起时
无数个喷泉天女散花
开满白色
你的目光是温柔的陷阱
倘若我在你的怀抱展翅
浪花女将我拥入怀中

清澈的水
清新的空气
周围燃烧着火
绿色世界

你的浪花像阵阵海风
时而胆小
时而可亲
像一位多情的少女

你顽皮，贪玩儿
你用感觉窥探水下世界
你净身洗浴
朝远方释放自己
诱惑着飞鸟、凡人

进退不止的涌浪
吞噬自己的足迹
仿佛在怀疑自己的过去
拍打的力量来自自信
回归的沉浮
退守的勇气

看不够你的浪花
永无止境的进退
心里装着一颗心
仿佛一位巨人
自信而果断

涛声依旧
连天接地
我急着变成一条鱼儿

海浪更加汹涌
大地积聚着能量
心儿慢慢
永不歇脚的驼队

海浪变得更加汹涌
浪花溅在我脸上
心儿变得无限辽阔
包容了整个世界

你是一群合唱的孩子
大地是家
宾客如云
驼铃声声，心野无边

辞　别

送你去远方
内心弥漫着忧伤
牵挂与思念
仿佛是一条无形的丝线
晶莹在湿润的眼帘

你像一缕春风吹去
留下站台上孤独的我
爱的火焰熊熊燃烧
忧伤的雾幔孤独无助

快乐的日子留在了久远
一股悠远的思念油然而生
淡黄的身影渐渐远去
天边一缕淡淡的轻雾

友人离别的背影
在心中刻下了烙印

我仿佛是一曲独奏的音乐
像风中飘飞的蒲公英
我知道你去了一个很远的地方
心中浮起一层雨雾
长出一丛嫩绿的薄荷

这是一片寂静的家园

远望无际的原野
这里有云集的寂静
海水轻轻地荡漾
帆船与它一路前行

你和你自己一样自由
拿出你所有的智慧
山美，美的草原嫩绿嫩绿
却不见烟囱冒出炊烟

冬季到来却没有严寒
只有冷瑟的风阵阵吹过
无论你行走还是驻足
春的气息依然在心中荡漾

在林立的高楼之间
忽闪着一些妩媚的陌生目光
心中的夏季未必在此愉悦
闹市里却是日夜通宵的艳阳

这里是游览胜地
来往的各地游者肤色各异
每个人心里都装着一份心思
他们脸上都写着满意二字

想什么，或者会让你想什么
只是心里总有一股喷泉
你也在熙熙攘攘的人群中
和别人一样心也在缓慢舒展

你本不是少数民族
就这么融入了人群
你有许多所见所闻
心里想的事更揪心

其实你也并不孤独
可你却选择了孤独
心中的火在熊熊燃烧
于是思念起土地里的自己

鸟儿们无忧无虑地飞翔
这样的天空无边无际
这座城市也在淘汰许多人
这是一片寂静的家园

三十年老宅

那一处风光
朴实而耀眼
乍一看，沉稳又厚道
像一位沧桑老翁

坚固而有序
物件整洁
横梁和立柱支撑着世界
葡萄藤蔓与你牵手多年

庭院里阴凉的葡萄架
让人想起温馨的家
一排排整洁的房屋
知心的人儿

敞开的窗户朝向果园
屋檐下是燕雀的巢
低矮的院墙伸向远处
影子却像一条草绳

每个家都有独特气息
一切都显得有序
有一个适应环境的人

墙上的壁画在活动
一个鲜活的影像
是智慧人生

吊顶的灯华贵地亮着
也点亮心灵
宽敞的院落
凉爽的盛夏在延续
门前是整齐的街道
还有果树
假如你想来此一游
会有足够的享受

三十年了
她温柔地看着我
适合今天的生活
一个宁静的地方

图书在版编目（CIP）数据

秋夜 / 阿布都如苏里・塔什著；狄力木拉提・泰来提译.
-- 北京：作家出版社，2017.6
（中国多民族文学丛书）
ISBN 978-7-5063-9549-6

Ⅰ. ①秋… Ⅱ. ①阿… ②狄… Ⅲ. ①诗集－中国－当代
Ⅳ. ①I227

中国版本图书馆CIP数据核字（2017）第161436号

秋夜

作　　者： 阿布都如苏里・塔什
译　　者： 狄力木拉提・泰来提
责任编辑： 李亚梓
特约编辑： 王　冰
装帧设计： 曹全弘
出版发行： 作家出版社
社　　址： 北京农展馆南里10号　　**邮　　编：** 100125
电话传真： 86-10-65930756（出版发行部）
86-10-65004079（总编室）
86-10-65015116（邮购部）
E-mail:zuojia@zuojia.net.cn
http://www.haozuojia.com（作家在线）
印　　刷： 北京玺诚印务有限公司
成品尺寸： 170×240
字　　数： 108千
印　　张： 8.75
版　　次： 2017年11月第1版
印　　次： 2017年11月第1次印刷
ISBN 978-7-5063-9549-6
定　　价： 35.00元